崔敬邕墓誌

上海古籍出版社

翰墨瑰寶 上海圖書館藏珍本碑帖叢刊

目録

前言

仲威

《崔敬邕墓誌》北魏熙平二年（五一七）十一月二十一日葬，清康熙十八年（一六七九）河北安平農民開挖水井時，在黄城崔公墓旁出土。康熙三十年（一六九一）冬，安平知縣陳崇石將墓誌砌入當地鄉賢祠壁間，嘉慶中某縣令龍任時，携此墓誌離去，後墓誌則不知何往【一】。因墓誌久佚，原石拓本罕見，且又多爲裱本，故誌文行款不清。趙萬里《漢魏南北朝墓誌集釋》中收録墓誌整紙圖版的底本是據剪裱本改裝而成，其行款爲二十九行，行二十九字。世間流傳的整紙翻刻本的行款亦如此。

崔敬邕，博陵安平人。北魏永平（五〇八—五一二）初持節營州刺史，延昌四年（五一五）徵爲征虜將軍大中大夫，熙平二年（五一七）卒，蒙贈左將軍濟州刺史，事迹見載於《魏書》、《北史》之《崔挺傳》後。墓誌載文與史傳略同，唯誌載『延昌四年』徵爲征虜將軍，史載作『熙平二年』；誌言卒於『熙平二年』，史載作『神龜中』；誌載謚曰『貞』，史載曰『恭』；誌載敬邕父字『雙護』，崔挺字『雙根』，崔挺當爲敬邕從父，史載則爲從祖；誌云敬邕爲『臨青男』，史作『臨淄男』；誌云『孤息伯茂』，史稱『子盛』。以上文獻出入當據墓誌爲正，校勘可以補史傳之訛誤。

墓誌原石首行文曰『祖秀才諱殊字敬異，夫人從事中郎趙國李烋女。父雙護中書侍郎冠軍將軍豫州刺史安平敬侯，夫人中書趙國李詵女』，此類將祖、父銜名列於墓誌標題前的撰文樣式在金石例極稀見（圖一）【二】。後世裝裱拓本者不明其中緣故，多誤將墓志標題『魏故持節龍驤將軍督營州諸軍事營州刺史征虜將軍大中大夫臨青男崔公墓誌銘』字樣剪裁挪移至祖、父銜名前【三】。翻刻者亦依樣畫葫蘆，以訛傳訛，故凡首行爲『崔公墓誌銘』的整紙拓片必是翻刻僞品（圖二）。

《崔敬邕墓誌》書法佳絶，加之原石久佚，倍受前人珍護，歷經清代金石名家著録題跋，故聲名顯赫。其書刻雖出民間，但以刀筆稱世，勢出自然，開宕拙樸，得無法之法，『筆意在《刁遵墓誌》與《李超墓誌》間，寓謹嚴於奇逸，當爲北朝誌石之冠』【四】。清乾隆中，此誌還被收入曲阜孔繼涑摹刻《谷園摹古法帖》卷三，由此可見時人的珍重之情。清康熙四十五年（一七〇六）何焯品評此誌云：『入目初似醜拙，然不衫不履，意象開闊，唐人終莫能及，未可概以北體少之也。六朝長處在落落自得，不爲法度拘局。歐虞（歐陽詢、虞世南）既出，始有一定之繩尺，而古韵微矣。宋人欲矯之，然所師承者皆不越唐代，恣睢自便，亦豈復能近古乎？山谷（黄庭堅）稍黠跳而學《瘞鶴銘》，故能倔强一時。』【五】

關於《崔敬邕墓誌》原石拓本流傳的記載，清方若云：『原拓絶不易得，福山王文敏（王懿榮）曾藏半紙裱本（按：墓誌存後小

圖一　祖、父銜名列於墓誌題前

圖二《崔敬邕墓誌》翻刻本

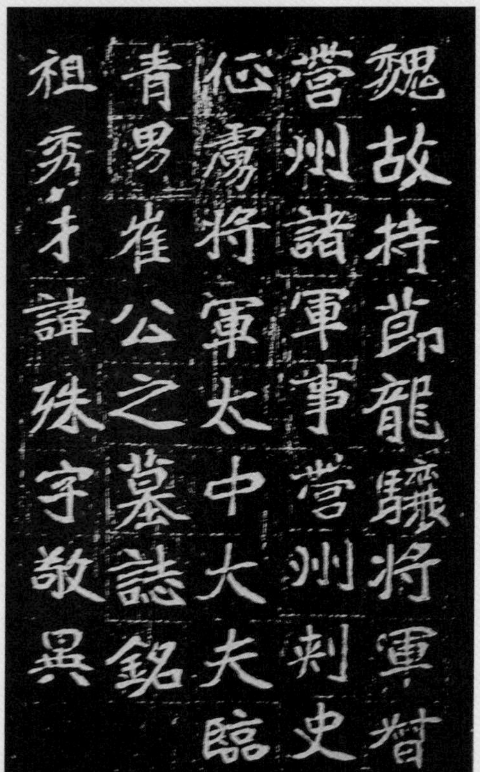

圖三《崔敬邕墓誌》揚州成氏本

半，約占三分之一），得自華陽卓氏，自「濟州刺史加謚曰貞禮也」之「州」之起（按：在第二十行處）。庚子（一九〇〇）文敏殉國難，此册歸丹徒劉鐵雲（劉鶚）。迨丙午（一九〇六）秋，鐵雲又得全紙拓本，爲揚州成氏所藏……近知此成氏本歸銅梁王孝禹（王瓘）矣。卓氏本亦贈端午橋（端方），端午橋先得合肥劉健之（劉體乾）贈淡墨本上半（按：止於『左將軍濟州刺史』之『濟』字）配合之。此外，劉健之尚有一本得自蘇州某氏，武進費屺懷（費念慈）亦有一本，所見所聞如是而已。』【六】

據此可知，傳世拓本有五本，即：

一、華陽卓氏半册（存後半），經王懿榮、劉鶚、端方遞藏。

二、揚州成氏本，經劉鶚、王瓘遞藏（圖三）。

三、合肥劉健之贈淡墨本半册（存前半），經江標、劉體乾、端方遞藏。

四、蘇州某氏本，係清莫枚舊藏，曾歸劉體乾、羅振玉。祖、父銜名亦列於墓誌標題前，後有莫枚、王瓘、羅振玉題跋（圖四）。

五、武進費屺懷藏本，經陳豫鍾、李鴻裔遞藏，後歸程屺懷，有清光緒二十一年（一八九五）陶濬宣題跋（圖五）。

其中華陽卓氏半册與合肥劉健之贈淡墨本半册已合而爲一，今藏上海圖書館。此外，還有一册清雍正十三年（一七三五）潘寧題跋本，未經方若著録，今藏南京博物院。

此次影印的底本就是上述濃淡墨拓拼合本，屬初拓，係國家一級文物，爲首次公開出版。共二十三開，册高二十九點五厘米，寬

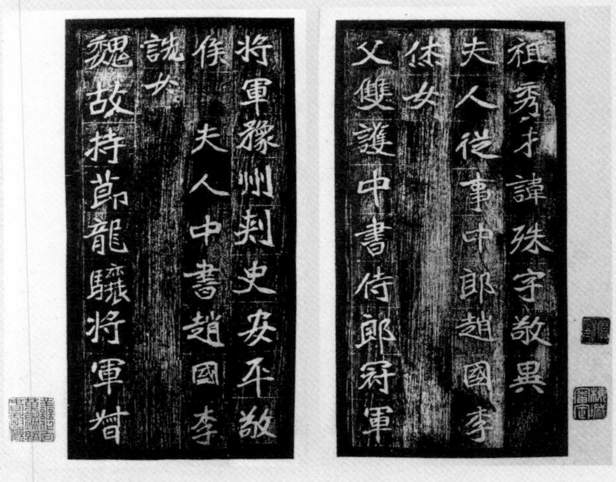

圖四　《崔敬邕墓誌》清莫枚舊藏本

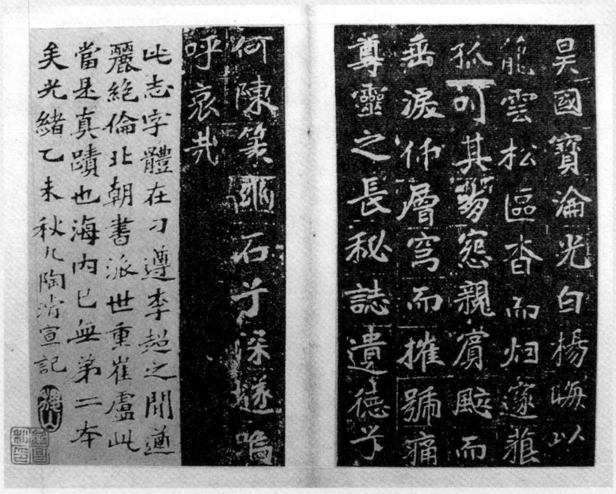

圖五　《崔敬邕墓誌》武進費屺懷藏本，陶濬宣題跋

圖六　銅梁王瓘、上虞羅振玉、定海方若、丹徒劉鶚四人合影照片一幀

十四點三厘米。碑文十二開，帖芯高十七點六厘米，寬九厘米。前半爲淡墨拓（原爲合肥劉健之藏本，按墓石原樣將祖、父名爵列於誌前首行，甚爲稀見），八開；後半爲濃墨拓（原爲華陽卓氏藏本，有陳奕禧題跋，後歸王懿榮收藏，乾隆間曾刻入《谷園摹古法帖卷三》）【七】，四開。光緒三十四年（一九〇八）年，兩半本經端方手始合成全璧，端方去世後又散出，一九三〇年被蔣祖詒在海王村購得。尤其值得一提的是，前半淡墨拓本，拓工之妙，墨色之雅，最大程度地還原了《崔敬邕》書法本來面貌，是傳世諸本無法企及的。

此册有王士禎致朱彝尊手札一通，涉及借閲此誌之事。有費念慈、王瓘、張祖翼、端方、趙于密、羅振玉、褚德彝、蔣祖詒題跋，熊希齡、程志和、楊守敬、吴湖帆觀款，另附吴湖帆過録康熙三十九年（一七〇〇）陳奕禧題跋一篇，此跋的題寫時間距此誌出土僅隔數年。但可惜的是，陳奕禧原跋已在光緒三十二年（一九〇六）被劉鶚移入揚州成氏本後，據蔣祖詒云：『此拓後半即陳香泉所藏原本，見《居易録》者，香泉跋爲人移去，入王孝禹觀察藏本後，故此本僅存漁洋（王士禎）手札。陳跋上有「秦布之印」、「鏡亭」、「六硯齋秘笈」諸印記，與此本册後所鈐者悉同，可證也。』【八】光緒三十二年（一九〇六）劉鶚委托日本人以珂羅版洋紙精印『揚州成氏本』百本，分贈同好。前有銅梁王瓘、上虞羅振玉、定海方若、丹徒劉鶚四人合影照片一幀（圖六），後有陳奕禧原跋，可證蔣祖詒所言不虚（圖七）。

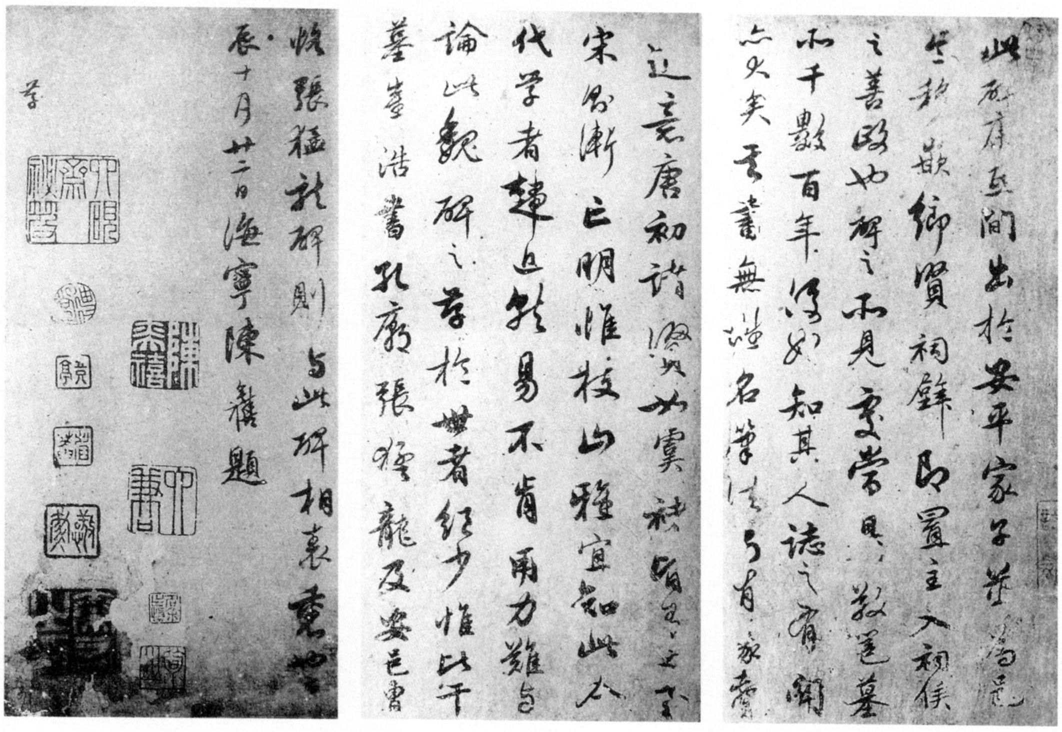

圖七　陳奕禧原跋

文物之流傳，賴前賢惜護，文物之聚散，又常如有神護。端方先得此誌前半册，復又有幸覓得後半部，延津合劍洵爲石墨佳話，故欣然題詩曰：『久隔名碑兩界春，天然拍湊益堪珍。濃烟淡雨妙相間，璧合珠聯如有神。』

注释

【一】參見《深州風土記》卷十一。此外，清王士禎《居易録》云『陳崇石爲安平令，掘田隴間得此誌』。南京博物院藏本中潘寧題跋云：『我朝陳香泉（陳奕禧）宰安平時始出於土壤，朝士争欲致之，拓無虚日，未及二十年而石已裂盡。』

【二】誌首叙祖、父銜名列於題前與南朝宋《劉襲墓誌》同例。

【三】《漢魏南北朝墓誌集釋》收録的墓誌整張印紙亦是此類錯誤裝裱的産物。

【四】『濃淡墨拓拼合本』後費念慈評語。

【五】清何焯《義門先生集》卷八。

【六】清方若《校碑隨筆·龍驤將軍臨青男崔公墓誌銘》。

【七】《谷園摹古法帖》所收《崔敬邕墓誌》保留原來行款樣式，後存陳奕禧題刻。

【八】『濃淡墨拓拼合本』後蔣祖詒跋語。

魏崔敬邕墓志銘

穀孫秘匧

庚午三月 褚德彝題

崔敬邕墓志銘

健之藏

西蠡

陶齋讀碑記

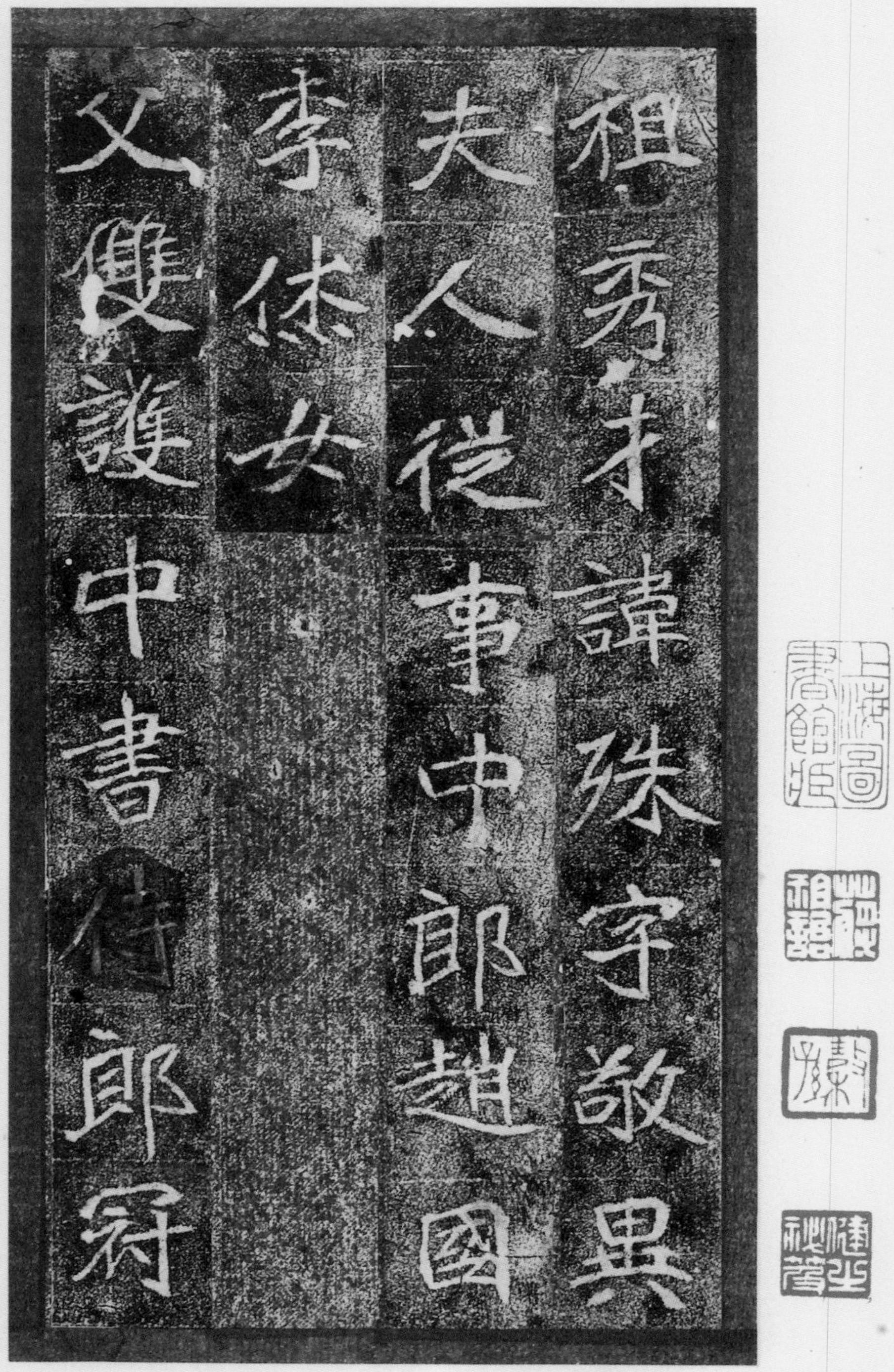

祖秀才諱殊字敬異
夫人從事中郎趙國
李烋女
父雙護中書侍郎冠

軍將軍豫州刺史安 — 平敬侯　夫人中書 —

持節龍驤將軍 — 督營州事營州刺史

征虜將軍大夫臨青　一　男

一　崔公之墓誌銘

一　君諱敬邕博陵安平

人夫其殖姓始盖炎｜帝之胤其在隆周遠｜父實作太師秉旄鷹｜揚剋佐揃殷若乃遠

源之富奕世之美故
以備之前册不待詳
録君即豫州刺史安
平敬侯之子冑積仁

之基累榮構之峻特｜稟清貞少播令譽然｜諾之信着於童孺瑶｜音玉震聞於弱冠年

廿八而儁華茂響流 一 於京夏矣被 旨家 一 召爲司徒府主簿納 一 贊槐衡能和鼎味俄

而轉尚書都官郎中 — 時 高祖孝文皇帝 — 將改制創物大崇革 — 正復以君兼吏部郎

詮叙彝倫九流斯順 — 太和廿二年春 宣 — 武皇帝副光崇正妙 — 簡宮衛復以君爲東

朝步兵景明初丁母
一
憂還家居喪致毀幾
一
於滅性服終　朝廷
一
以君膽思凝果善謀

好成臨事發奇前略 — 無滯徵君拜爲左中 — 郎將大都督中山王 — 長史出圍僞義陽城

拔凱旋君有協規之 — 效功績隆盛授龍驤 — 將軍太府少卿臨青 — 男忠懃之稱實顯於

玆永平初　聖主以
遼海戎夷宣化佇賢
肅慎契丹必也綏接
於是除君持節營州

剌史將軍如故君軒
一
鑣始邁聲猷以先麾
一
蓋踐彊而温膏均被
一
於是殊俗知仁荒嵎

識澤惠液達遐德潤 | 潭於邊服延昌四年 | 以君清政懷柔宣風 | 自遠徵君爲征虜將

軍太中大夫方授美 | 任而君嬰疾連歲遂 | 以熙平二年十一月 | 廿一日卒於位縉紳

痛惜姻舊感酸依君
—
績行蒙贈左將軍濟
—
州刺史加謚曰貞禮
—
也孤息伯茂銜哀在

疚摧號冈訴泣庭訓
之崩沉淚松楊之以
樹洞抽絶其何言刊
遺德於泉路其辭曰

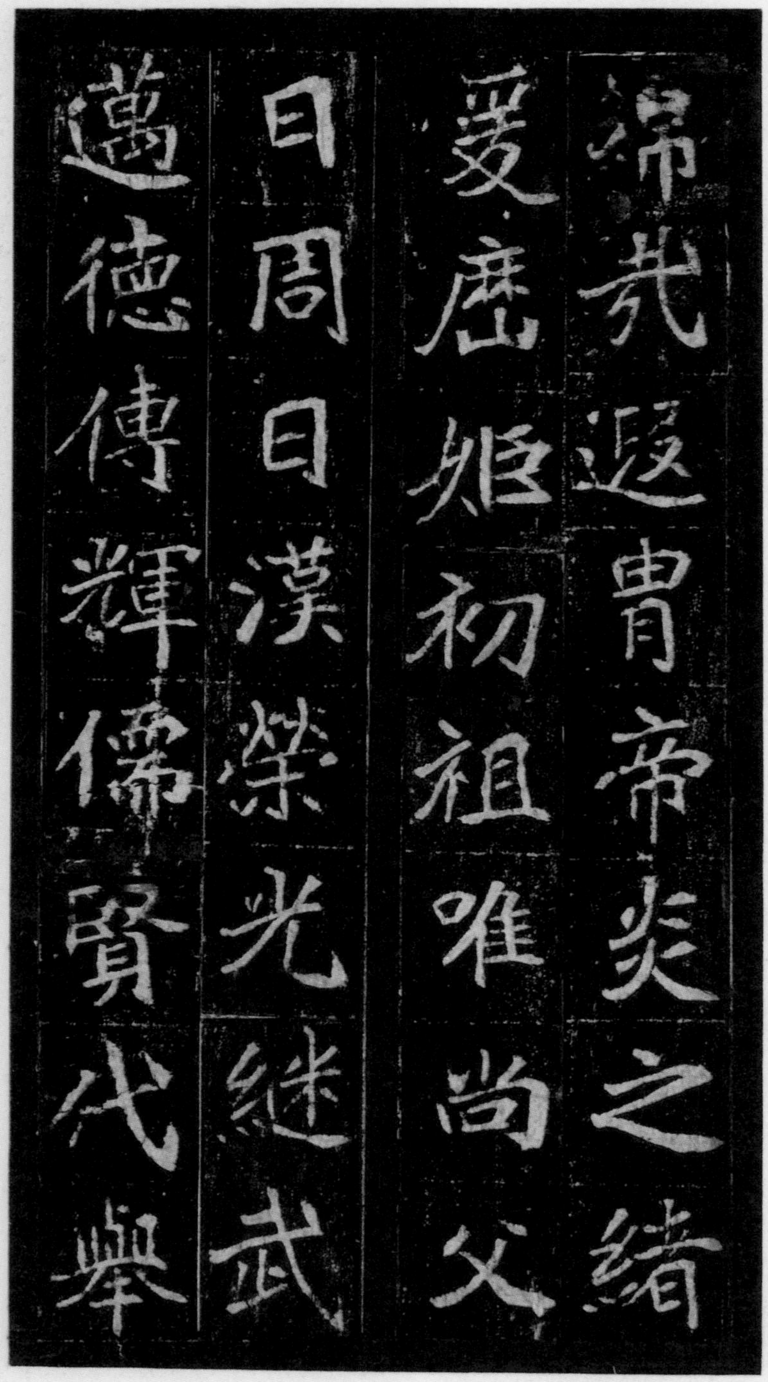

綿哉遐胄帝炎之緒　爰歷姬初祖唯尚父　曰周曰漢榮光繼武　邁德傳輝儒賢代舉

於穆罄考誕質含靈 — 秉仁岳峻動智淵明 — 育善以和奬幹以貞 — 響發邽丘翼起槐庭

慶鍾盛世　皇澤遠 — 融入參彝叙出佐邊 — 戎謀成轅幕績著軍 — 功僞城颷偃蠢境懷

風　王恩流賞作捍
東荒惠沾海服愛洽
遼鄉　天情方渥簡
爵唯良如何倉昊國

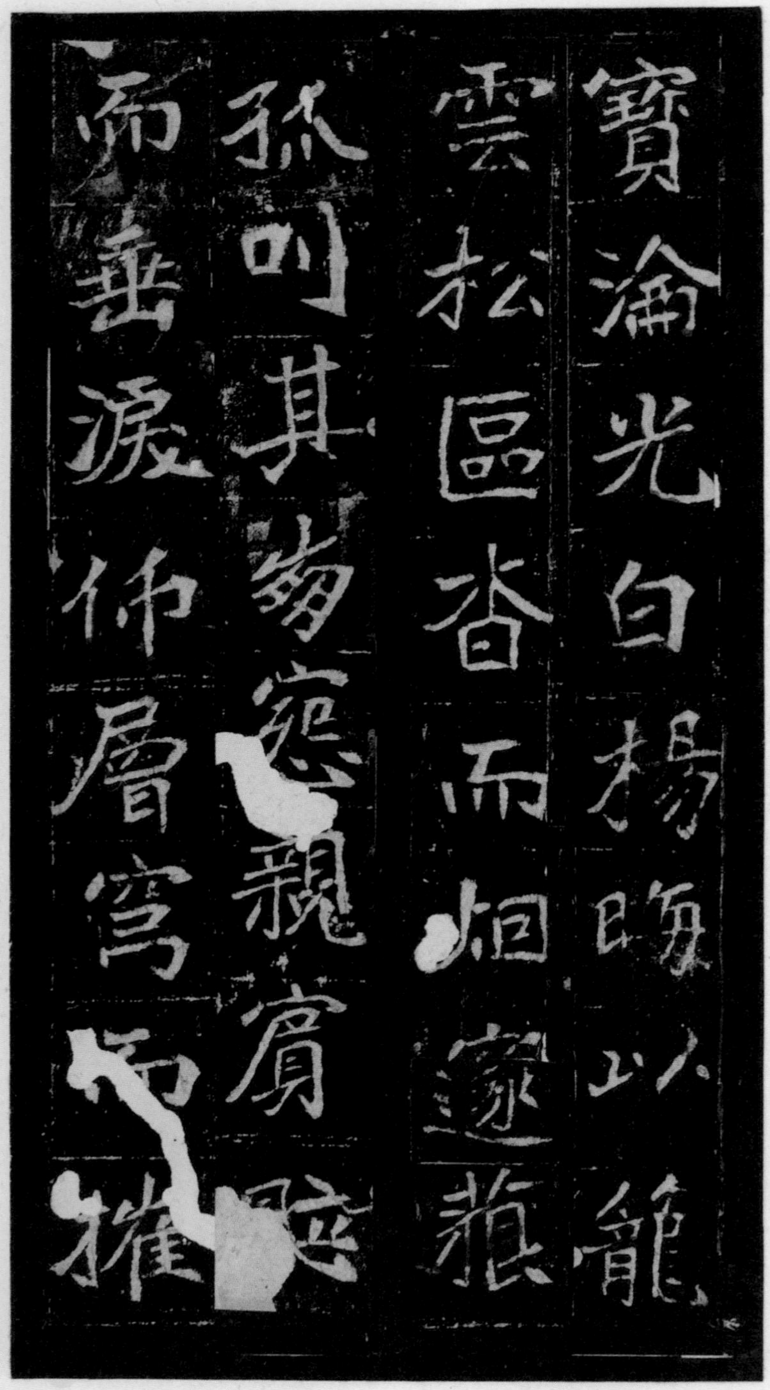

寶淪光白楊晦以籠 一 雲松區杳而烟邃藐 一 孤叫其崩窻親賓颯 一 而垂淚仰層穹而摧

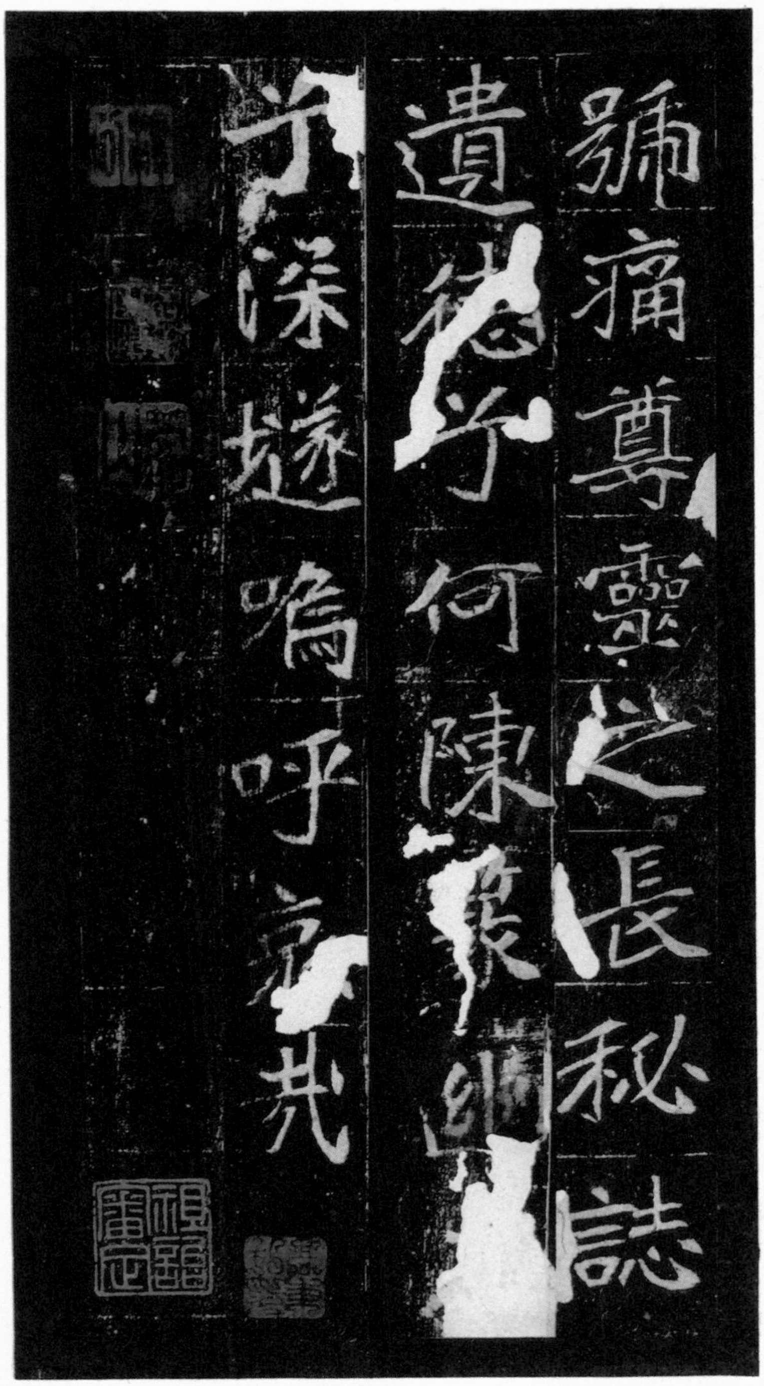

號痛尊靈之長秘誌 ｜ 遺德兮何陳篆幽石 ｜ 兮深㙛嗚呼哀哉

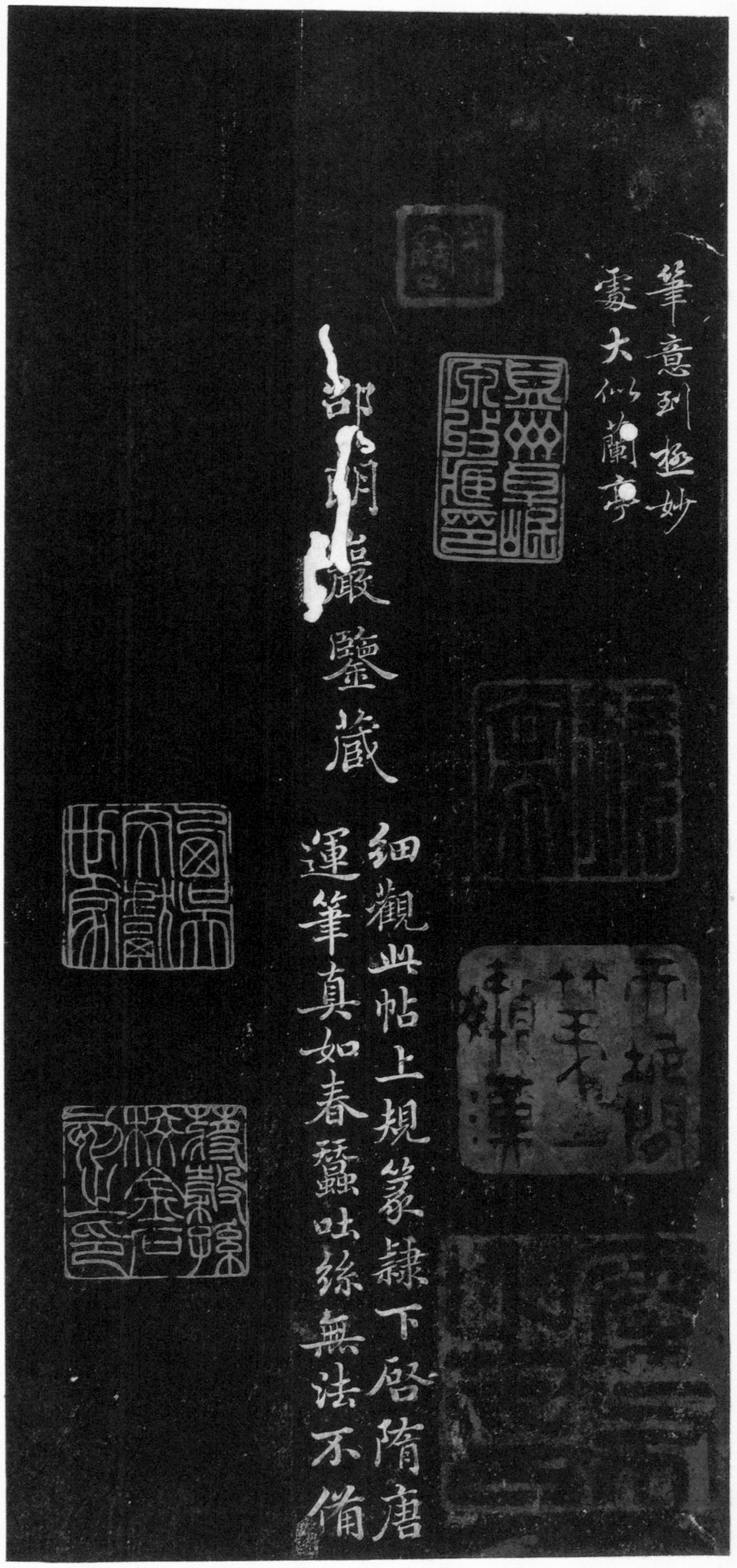

筆意到極妙
處大似蘭亭
邵明巖鑒藏
細觀此帖上規篆隸下啓隋唐
運筆真如春蠶吐絲無法不備

此碑康熙間出于安平家子並為邑令移嵌鄉賢祠壁即置主入祠侯之善政也碑之所見處當是敬邕墓所千數百年後始知其人誌之有關亦大矣其書無姓名筆法則有篆隸遺意唐初諸賢如虞褚皆有之至宋則漸亡明惟枝山雅宜知此今近代學者趨近就易不肯用力難与論此魏碑之存於世者惟比干墓崔浩書孔廟張猛龍及安邑曹恪張猛龍碑則与此碑相表裏也

庚辰十月廿二日海寧陳奕禧題

穀孫道兄屬錄陳香泉跋吳湖帆

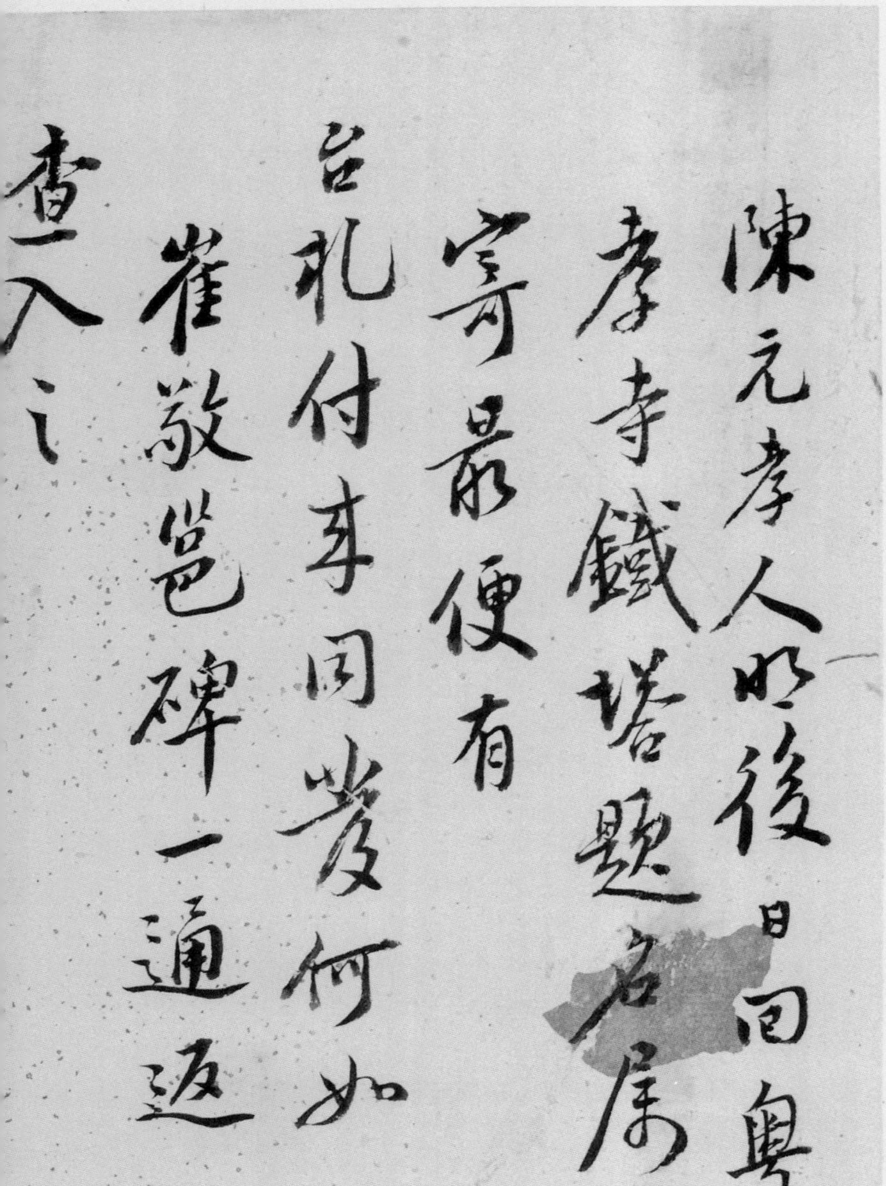
陳元孝人明後日回粵光
孝寺鐵塔題名屏共搨
寄最便有
台札付来因發何如
崔敬邕碑一通返 上祈
查入之

竹垞老先生
弟士禛

崔敬邕志在直隸安平出土未久即
龕入某氏祠壁搨本流傳極少陳
香泉藏本見居易錄後玉虹樓極
本是也筆意在刁遵李超之間寓
謹嚴於奇逸當為北朝志石之冠
余[illegible]

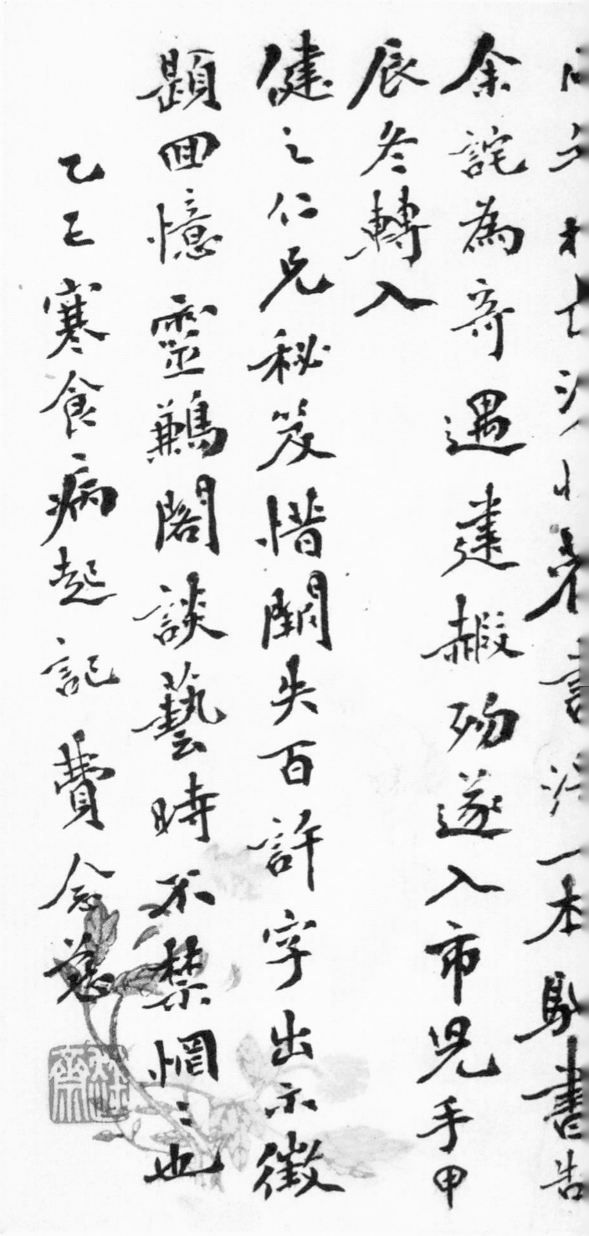
余詫爲奇遇逮搬殆遂入市兒手甲
辰冬轉入
健之仁兄秘笈惜闕失百許字出示徵
題回憶靈鶼閣談藝時不禁惘惘也
乙巳寒食病起記 費念慈

崔敬邕誌原石久軼孔谷園曾刻入摹古帖中其時
之珍重可知近年惟聞貴池懷太史藏有一本此
外則寒齋所藏陳氏跋本
匋齋尚書先僅得一前半本及開幕江南後華陽
卓氏後半本亦歸焉延津之劍巧合有如此者
宣統元年二月銅梁王瓘孝禹獲觀并記時年六十有三

崔敬邕墓志出土不久而名重一時與崔頠志同稱二崔玩其
筆意古致歷落單刀直下非若後世刻工從事椎鑿描形
畫角也此本頗係原石且呂漁洋山人小札彌可寶貴吳中
摹刻有四本面目各異望而知為贋鼎也
匋齋尚書命題　丁未嘉平大雪張祖翼謹識
祖翼

宣統元年二月廿日湖南熊希齡敬觀

崔祠蔓草已全
荒古志猶虛宅
廟旁却怪沉霾

三百載不聞鐘
蠟兩三行
久隔名碑兩界

春天然拍湊蓋
堪珍濃煙靄雨
紗栖閒壁合珠

聰如神

如下脫有
神字

戊申十月朔

溧陽陶父題

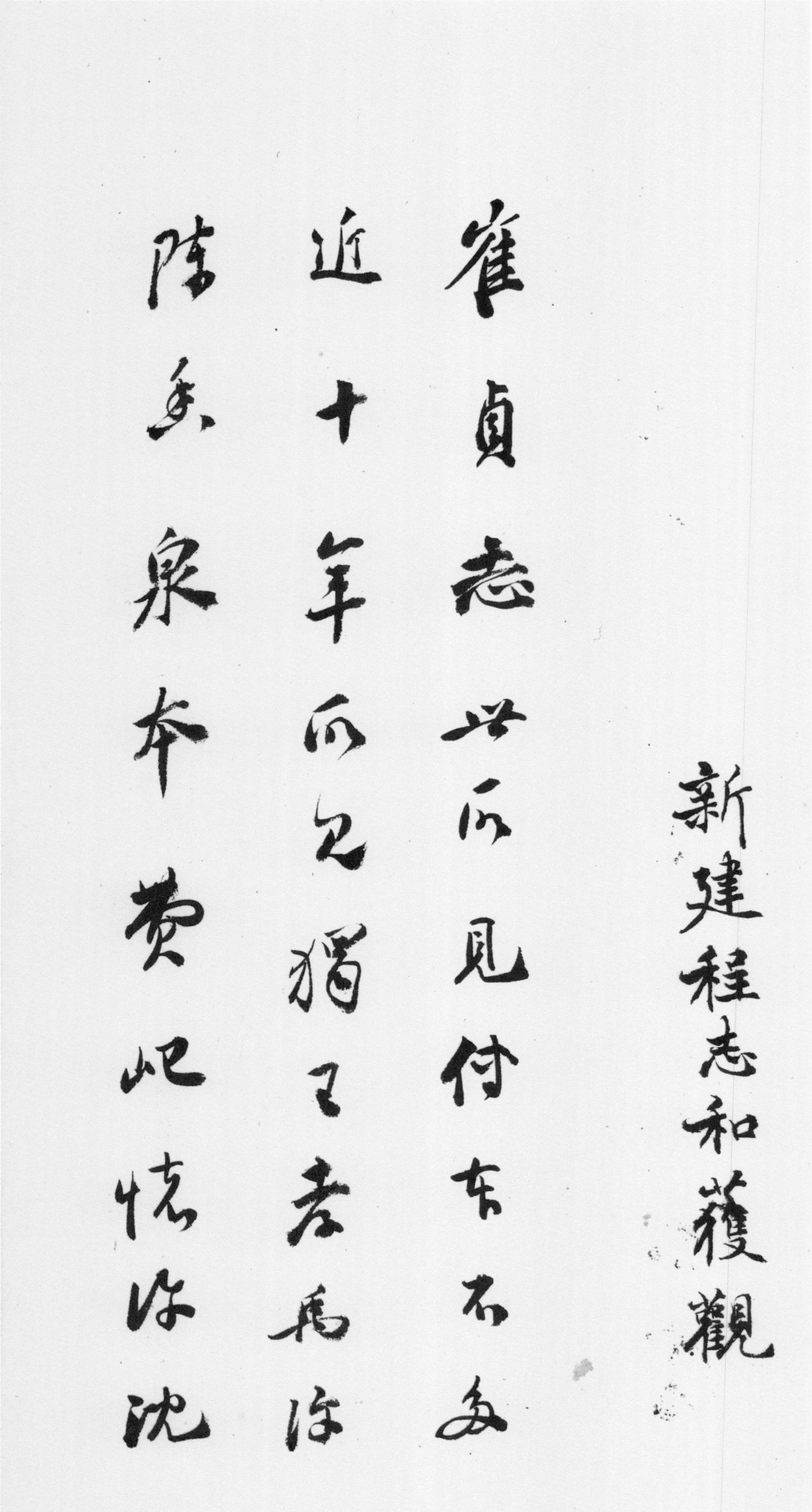

新建程志和獲觀

崔貞志世所見拓本不多

近十年所見獨王孝禹海

陸氏泉本費此惜除沈

韵和東及此東可陳蘇
古人於一穆東李直之
石金宣季無向庫生此
東低墨雜不一色而濃

澹於閒者諸家以視
王蒙爾來未易軒輊
也近取隨常能如志與
此志甚極歡之自謂

二銘并美　陶父记

宣統元年三月宜都楊守敬觀

寶藏光照八荒，雙南金韞墨池。翁漁洋手札未經眼，不比尋常字數行。六代琳瑯幾万春，烏金蟬翼兩堪珍。從今鼎足貴王本，風雨近津行有神。

匋齋尚書命題　宣統元年春趙于密姪婿呈稾

崔敬邕魏書及北史均附見崔挺傳，今以志校之，可是正史傳譌誤者數事。
傳稱敬邕以功封臨淄男，志乃臨青男；傳稱敬邕以本將軍除營州刺史，志
乃營州刺史（北史不誤）；史稱敬邕神龜中卒，謚曰恭，志記熙平二年卒，謚曰貞。
均史傳違失，宜據志以正之。又挺傳不載敬邕祖父名，志稱祖殊，
父僧護，則又可據志以補傳之略也。銘文內響發邽丘，邽為邦之別字，与
隋甯贙碑建國興邽之邽字正同。史記孔子弟子列傳有邦巽，邦又由邽
而譌，亦即邦字。攷文翁石室圖作國選，漢避邦諱曰國，後人乃讀邽為古攜切，
与地名之上邽下邽同，誤矣。然即以此志之邽證之，不難見其展轉譌變之跡。金石
文字有裨於考古如此，詎僅筆法之工妙為可玩賞已哉。宣統二年春上虞
羅振玉敬觀題記

是志康熙時安平出土傳拓甚稀攷魏時崔悅盧諶並擅書名弔比干文相傳爲崔浩書此志書體遒勁盎和大雅正與弔比干文相類與他刻之劍拔弩張者不同清河家學尚未失隊前半澹拓爲靈鶼閣舊物後半濃拓爲阜氏藏本雖墨色不同然延津合劍詢爲石墨佳話漁洋致竹垞手帖尤足爲是冊增重忠敏身後圖書星散家入海王村碑肆穀孫世兄見之與常醜奴志並以善價得之頃以見示因書冊尾以志古緣庚午閏六月褚德彝記

庚午三月廿又六日吳湖帆觀

元魏崔貞墓志石佚已久墨本傳世希若星鳳此拓後半本為王
文敏舊藏歸端忠敏後雯尋江建霞太史所藏前半本合之始
成全璧按此拓後半本即陳香泉所藏原本見居易録者香泉
跋為人移入王孝禹觀察藏本後故此本僅存漁洋手札陳
跋上有秦布之印鏡亭六研齋祕笈諸印記與此本再後所
鈐者悉同可證也庚午仲春薄游京師此志與常醜奴志
同尋于廠肆二志皆六朝墓石劉跋一旦無而有之自幸墨

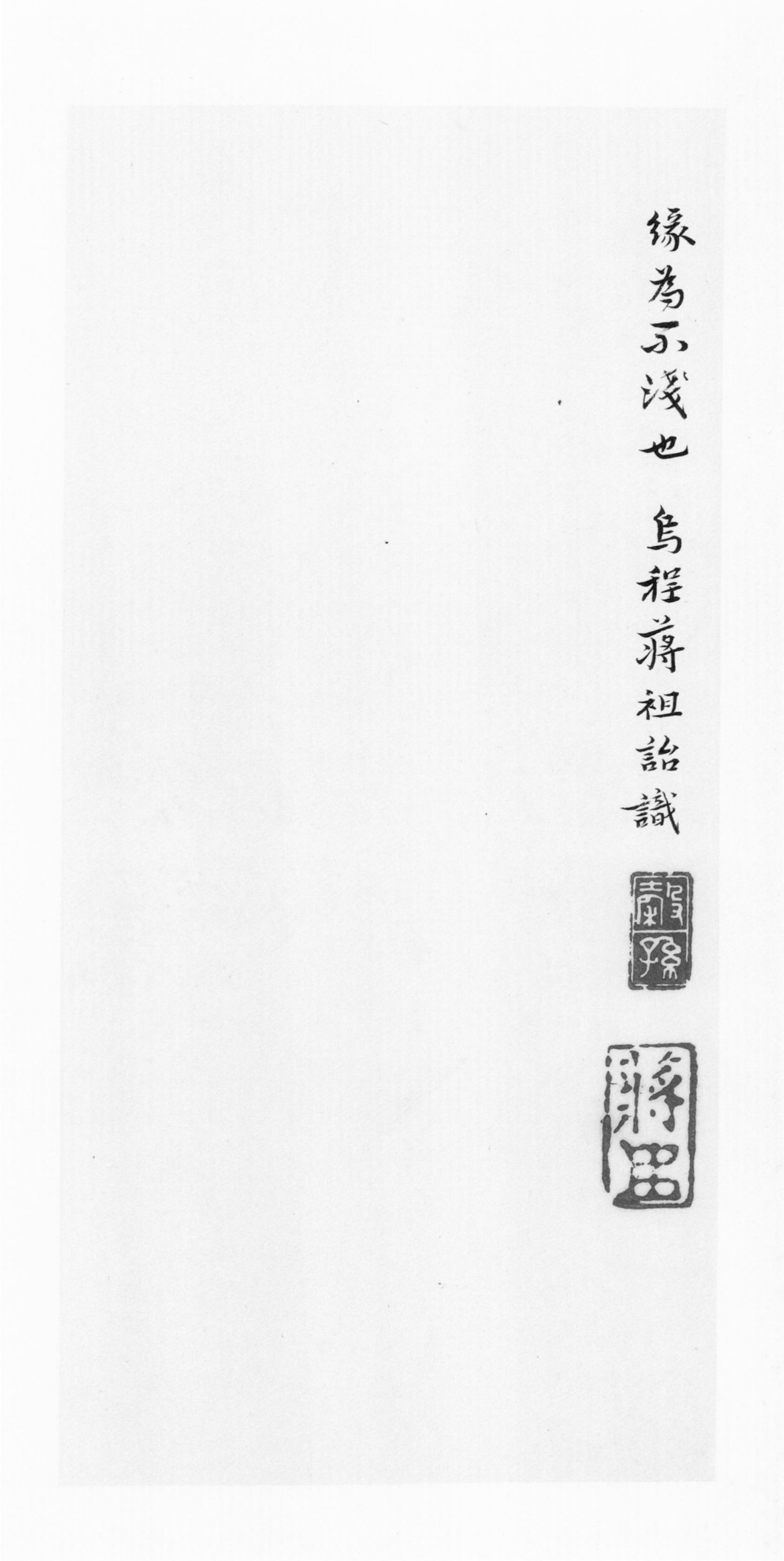
緣為不淺也

烏程蔣祖詒識

圖書在版編目（CIP）數據

崔敬邕墓誌 / 上海圖書館編. -- 上海 : 上海古籍出版社, 2014.3
（翰墨瑰寶 : 上海圖書館藏珍本碑帖叢刊 : 鑒賞版）
ISBN 978-7-5325-7154-3

Ⅰ. ①崔… Ⅱ. ①上… Ⅲ. ①楷書－碑帖－中國－北魏 Ⅳ. ①J292.23

中國版本圖書館CIP資料核字(2013)第310609號

責任編輯：吳旭民　孫　暉
裝幀設計：何　暘
技術編輯：王建中
數碼攝影：熊　洋

ISBN 978-7-5325-7154-3

翰墨瑰寶
上海圖書館藏珍本碑帖叢刊
鑒賞版
崔敬邕墓誌

上海圖書館 編

上海世紀出版股份有限公司
上海古籍出版社 出版

（上海瑞金二路 272 號　郵政編碼 200020）

網　址：www.guji.com.cn
E-mail：guji1@guji.com.cn
易文網：www.ewen.cc

上海世紀出版股份有限公司發行中心發行經銷
上海界龍藝術印刷有限公司印製
開本 787×1092　1/8　印張 7.75
2014 年 3 月第 1 版　2014 年 3 月第 1 次印刷
ISBN 978-7-5325-7154-3/J.462
定價：48.00元
如發生質量問題，請與承印公司聯繫